시시한 노래는
바람을 타고

시시한 노래는 바람을 타고

발행일	2022년 9월 29일

지은이	김덕진		
펴낸이	손형국		
펴낸곳	(주)북랩		
편집인	선일영	편집	정두철, 배진용, 김현아, 장하영, 류휘석
디자인	이현수, 김민하, 김영주, 안유경	제작	박기성, 황동현, 구성우, 권태련
마케팅	김회란, 박진관		
출판등록	2004. 12. 1(제2012-000051호)		
주소	서울특별시 금천구 가산디지털 1로 168, 우림라이온스밸리 B동 B113~114호, C동 B101호		
홈페이지	www.book.co.kr		
전화번호	(02)2026-5777	팩스	(02)2026-5747

ISBN	979-11-6836-505-6 03810 (종이책)	979-11-6836-506-3 05810 (전자책)

(주)북랩 성공출판의 파트너

북랩 홈페이지와 패밀리 사이트에서 다양한 출판 솔루션을 만나 보세요!

홈페이지 book.co.kr • **블로그** blog.naver.com/essaybook • **출판문의** book@book.co.kr

작가 연락처 문의 ▸ ask.book.co.kr

작가 연락처는 개인정보이므로 북랩에서 알려드릴 수 없습니다.

시시한 노래는

바람을 타고

김덕진 시집

북랩

작가의 말

가끔 하루가 너무 힘들 때가 있습니다. 외로워서, 혼자라서, 사랑받지 못해서, 일이 힘들어서 등등. 그 순간이 오면 그날 하루는 어떻게 보내나요. 삶의 에너지가 다 한 것 같은 순간 무얼 할까요. 우리의 세상은 선택의 연속이 아니라 누군가의 축복이고 선물입니다. 고단한 순간이 온다면 제 시와 함께 잠시 세상을 내려놓기를 바랍니다.

차례

아직도 사랑을 하는가

순정을 다하는 헛된 구호에
너밖에 없다는 헛된 망상에

뒹구는
낙엽도 깔깔거리고

떨어진
낙엽도 웃어버리네

싹 쓸어버리면 없어지겠지
싹 버려버리면 사라지겠지

시간의
노예로 살며

사랑의
노예로 살던

부질없던 삶의 흔적이여
무엇을 남기던 잊고 싶었나

잔잔한
바람이 불고

서늘한
온기가 날아가도

그대
아직도 사랑을 하는가

숲속의 산책

짓궂은 바람의 장난기
간지러워 뒤트는 나뭇잎

서늘한 숲속의 속삭임에
어둠은 서둘러 찾아들고

괜찮아 넌 잘할 거야
괜찮아 다 잘될 거야

숲속의 이슬은
가슴을 적시고

살아온 가슴은
이슬을 머금네

밤공기처럼 차갑던 기억
새벽안개에 묻어버리고

걷고 또 걷는 산책길
밀려드는 따스함이여

지저귀는 산새의
부끄린 날갯짓에

가슴속 이슬마저
조용히 날아간다

소망

아쉬움은
미련을 남기고

미련은
그리움을 삼킨다

떠난 자리의
향기는 기억하되

떠나는 모습은
잊으려 하네

가도 끝이 없고
가야 끝이 나는

인생의 손수레에

한가득 향기가 난다면
그것 또한 즐거운 일

발자국은 무거우나
마음은 즐거운

쉼 없는 일꾼처럼

일이 끝나는 순간에도

즐겁고만 싶다

무소유

욕심이 세상을 만들어
세상도 욕심을 만드네

거친 바람
거친 비에
온몸이 젖어도

마음만은
젖지 않으리

비도 그치고
바람도 그치길
그저 기다릴 뿐

내 손의 것이
내 것이 아님을
알게 된다면

진정한 내 것을
알게 되겠지

순간의 진실

기억할 수 있다는 것은
기억이 있었기 때문이고

추억 할 수 있다는 것은
추억이 있었기 때문이다

추신)
우리에게 추억이란
살아가는 시간의 공간이다

청룡 열차

기다리는 순간
즐거운 기대

올라가는 순간
희망의 환희

떨어지는 순간
삶의 나락

철렁인 순간
너무 아픈 기억이

정지한 순간
가버린 날들이여

커피 한잔

그대 머문 찻잔에
향기가 있네

피어오르는 진한 내음 속
흥얼거리며 웃던 아쉬움

그대 머문 찻잔에
온기가 있네

뜨거운 찻잔에
차가운 약속을

마지막 한 모금
이별을 말하네

그대 가버린 찻잔에

참을 수 없는 그리움
이제는 익숙한 아픔

맴도는 슬픈 이름들이여-

사랑과 이별

사랑을 한 순간 이별을 알았고

이별을 한 순간 사랑을 알았다

저녁 공원

허리 아픈 잔디는
누워서 뒹굴고

종일 일한 햇살은
누런 이빨로 하품을 하네

철부지 바람은
나 잡아라 달아나고

갈길 잃은 강아지
주인을 잡아끄네

뜻 모를
수다 떠는

모기만
반기는

게으른 벤치 위

키 큰 그림자
키 작은 아이

흩날리는 기억들

자괴감

눈이 있어도 보았다 못하고
입이 있어도 말하지 못하네

글을 알면
글을 써야 하는데

의를 알면
불의도 알아야 하는데

머리만 작아져
가슴을 원망하네

큰 머리 가진 자 부러워했지만
무거운 머리만 보이고

많은 걸 가진 자 부러워했지만
늘어진 뱃살만 보이네

눈이 보이고
입이 열리고

글이 써지면

작은 머리와
작은 가슴도
따뜻해지려나

그리움

보고 싶어도 볼 수 없고

가지고 싶어도 가질 수 없네

꿈

밤에는
꿈을 꾼다

나만의 것
나의 소유

그대를 보고 싶어
오늘도 꿈을 꾼다

만나도 만나지 못해
반겨도 반기지 못해

핏발 선
두 눈이 잠기는 그날 밤

그렇게 꿈을 꾸고
그렇게 그리워한다

사랑꽃

그대가 꺾어준 꽃은
시들지 않아요

시든 것은 그대의 마음

시들고 시든
가루가 되어

시들고 시든
먼지가 되어

그대에게 날아가는

꽃은
시들지 않아
시들지 않기에

꽃은
영원히
꽃인가 봅니다

세상살이

높은 곳에 있으면 낮은 곳을 두려워했고

넓은 곳에 있으면 좁은 곳을 두려워했다

같은 곳에 있지만 같지 않아 두려운 세상

약육강식

갑과 을의 세상
을도 아닌 병으로

배고파 떨리는 손으로
병든 사과를 먹네

사과 속에 잠들은 사과 벌레
깰까 봐 아주 조심스럽네

벌레가 먹는 것도 사과이고
내가 먹는 것도 사과인데
왜 이리 조심스러울까

벌레가 잠에서 깰까 봐
두려운 것일까

사과를 먹는 게 들킬까
두려운 것일까

끝까지 깨지 않는 벌레를 보다

미소를 지으며
벌레도 먹어버리네

그게 그거라며
그게 삶이라며

등산길

산이 좋아 오르기 시작했지

거친 오솔길엔 꽃과 나비와
더운 날엔 새들의 지저귐과

산이 좋아 오르기 시작했지

엇자란 나무가
얼굴을 할퀴어도

삭막한 돌부리
무릎엔 피가 나도

산이 좋아 오르기 시작했지

차가운 북풍에 뼛속까지 추워지면
옷깃을 세운 손엔 나비의 날갯짓이
내딛는 한 걸음엔 새들의 지저귐이

꽃과 나비 향기는
내 몸을 감싸고

새들의 지저귐은
마음을 감싸고

그래서 외롭지 않아
그래서 아프지 않아
그래서 춥지는 않아

산이 좋아 오르는 등산길

독백

똑똑똑
누군가 문을 두드리고

따르릉
누군가 전화를 한다

반갑게 문을 열고
반갑게 전화를 받고

아무도 없고
아무런 소리 없네

누가 올 건데
누가 찾을 건데

온종일 기다려도
오늘은 바쁜가 보다

해가 지는
어두운 밤이 오면

사라지는
희망의 지옥

시간을 지우는
고독의 동반자여

이제 그만
이제 그만

기다림의 수레를
끝나게 해 주소서

좌우명

바람이 멈추면 바람이 아니고

사랑이 멈추면 사랑이 아니다

추신)
지금 이 순간 우리는 무얼 하는 것일까

희망

아침에 일어나고

자면서 기대하네

추신)
항상 바라지만 항상 멀리 있는

변심

세월의 아픔과
희망을 모은
국민의 어사화

혼자 있는 왕궁이 외로울까
친구도 만들어 주니

외롭다던 사람
180도 돌변하고

같이 간 친구
불한당이 돼버리니

분해된 희망
절망과 분노

누굴 탓하나
누굴 원망하나

답답한 가슴
치료할 그 임을

목놓아 불러보네

외면

입이 있어도 말하지 못하고

귀가 있어도 듣지를 못하네

추신)
한번 눈 감고 잊지 못하네

노랑몽 怒浪夢

세월의 마술로 히트 친
노란 깃의 마술사

기대한 환상적인 마술은
어릿광대 먹방뿐이었고

앞장 선 박수꾼에
정신 홀린 관중은

이제는 지쳐
실망만 하네

열린 북문
차가운 바람에

방방곡곡 기침 소리
습관성이 되어도

열린 문을
닫을 줄 몰라

추락하는 박수 소리와
끝날 시간만 기다리는

백색의 천더기만이
서로를 다독이네

싫어요

깜깜한 밤은 싫어

두 눈을 꼭 감은
밤은 싫어

어두우면 나타나는
그대가 싫어

볼 수 없는
그대가 싫어

어디 어디 어디
두드려도 대답 없는

공허의 시간 속에

그댈 보내고
또 그댈 기다려

밤이 길어서
너무 길어서

너무 싫어서
보고픈 그대여

비 오는 창가에 서서

창밖을 두들기던
빗방울 잦아들면

소리 없이 사라진
그대 생각나

갈 수 없는 현실에

안개빛 추억을
가질 수가 없었지

멈춘 입김처럼

떨군 눈물처럼

사그라지면

아무것 없던
그 시절로 돌아가네

경복궁

왕과 왕비
거닐던 사랑의 연못

변함없는 모습에
안도하고

속삭이던
사랑의 밀어

고목만은 기억하리

그대들
가고 없는 이곳에선

오늘은
내가
왕이로소이다

삶과 죽음

한없이 미워할 때 삶을 느끼고

한없이 사랑할 때 죽음을 느낀다

추신)
영생은 정말 필요한 것일까

가끔

가끔 사랑을 했나보다
가끔 그리워지는 것이

보이지 않지만
눈앞에 보이고

만질 순 없지만
손끝을 느끼고

따뜻한 햇살엔
잊어버려

차가운 바람엔
그리워져

삶에 시간이 있던가
사랑에 열정이 있던가

사랑의 시간이 온다면
삶에도 열정이 오려나

의미 없는
중얼거림에
무심한 발자국은

가끔
아주 가끔
갈지자를 그리네

바람의 연인

바람이
꽃잎을 안고
여행을 하네

손을 꼭 잡고
임을 꼭 안고

품 안의 향기는
너울너울 웃고

손잡은 바람은
신나서 노래도 하네

어디로 저기로

정해진 곳 없지만
정해진 곳 따라서

그렇게
웃고 즐기는
바람의 연인

인생의 진실

사랑하기 위해

사랑을 하게 되면
사랑만 하게 되고

미워하기 위해

미워만 하게 되면
미워만 하게 된다

가로등과 그림자

가로등만 눈을 뜬
어두운 거리

외로운 그림자만
반겨주네

가고 싶지만
언제나 두려운 그 길에서

우연히 만난
즐거운 임

함께 걷는
행복한 밤길

가로등 아래
하나 된 그림자

축복이고
한없는 선물이었다

그리움

향기 나는 커피

향기 나던 그대

추신)
요즘 커피는 비싼 향기만 난다

그대와 함께
- Shall we dance

그대와 함께 하면
꿈을 꾸어요

푸른 초원 속
숨겨놓은 바람의 입김처럼

따스한 햇살의 간지럼은
코끝의 향기로 다가옵니다

날개를 달고
다가가요

날개를 달고
날아가요

살며시 내려앉은
나뭇잎의 무게 마냥

그대 어깨에 기대어

가만히 이렇게
날아봅니다

유성

넋 나간 바위처럼
울던 그 모습은

성난 바람마저
잠들게 하고

헤어나지
못한 어둠 속
번쩍이는 눈빛에

불타버린 순정은
그만 길을 잃었네

헤매는 상심
헤매는 걸음

차마 보지 못해
외면해 버렸나

흘러내린 불빛에
자꾸만 꼬여만 가네

불면증

같이 있어
기쁨도 알았는데

같이 있어
눈물도 알았는데

함께 할 수
없음을 알기에

슬픈 마음
가슴에 다가와

이 밤
그대 생각에 웁니다

살풀이

높은 자의 것도 아니요
가진 자의 것도 아닌데

나만 보려고
나만 하려고

가지려 하고
훔치려 하네

의미 없는 몸부림은
가슴이 있던가

텅 빈 광장의 메아리는
주인이 있던가

꿈꿀 수 없는 것을 꿈꾸고

가질 수 없는 것을 가지고

그릴 수 없는 것을 그리는

그런 춤만
추고 싶다

마지막 낙엽

보이지
않는 걸 보려 했고

잡히지
않은 걸 잡으려 했지

갈구하던 몸짓은
쓸모없는 몸부림 되고

늘 푸르던 나뭇잎은
보잘것없는 몰골로
힘겨워하네

밟고 밟아 으스러지면
그 푸른 기억마저 사라지는가

밟고 밟아 가루가 되면
아스러져 행복할 건가

마지막 바람이 불어올까
아직도 붙잡은 미련의 끈

무심한 바람에
흩어지는 자취 보려고

가만히
멈추어 기다리는

잔인한 그대여

소나기

뜨겁던 가슴속 비가 내리면

여름의 기억 속 너가 그립다

감사합니다

볼 수 있어서
행복했고

같이 있어서
행복했고

그대는
떨어지지 않는 별이요

가질 수 없는 별이요

한 줄기 빛으로
흐르는 별이어라

해변의 춤

아무도 없던 해변에도
파도는 이고 노을도 지네

붉은 노을은 잊었던 기억을 일깨우고
푸른 파도는 잊었던 추억을 가져가네

해가 지는 바닷가

이제 노래가 들리니
이제 그대가 보이네

춤을 추자 그대여
꿈을 꾸자 그대여

떠나간 추억의 잔상은
쓸고 간 파도에게 맡기고

춤을 추자 그대여
꿈을 꾸자 그대여

한걸음엔 그대를 담고
한걸음엔 추억을 담고

이제 그대와 춤을 추리
잊었던 해변의 춤을

같이 걷는 길

아장아장 오솔길
엄마 손 잡고 걷던 그 길

어느새 그 길을
그대와 걷고 있네

걷는 길은 힘들었고
걷는 길은 아팠어도

내 손 잡은 그대 있어
내 길 걷던 그대 있어

기쁘고
즐겁고
행복했지

마지막 혼자 걷는 날이 오면
영원히 그대와 걷던 길을 잊지는 않으리

마지막 혼자 걷게 하는 날이 오면
나의 혼이라도 항상 그대와 같이 걸으리

마지막 걷는 날이 오면
외롭지 않은 길이 되게 하리

영원히 같이 걷게 해준
고마운 길에서

이별의 잔상

오지 않을 것을 알면서
이 밤을 꼬박 지새우고

울리지 않는 전화 소리에
귀 기울여 들으려 하네

보내버린 눈물의 무게와
그리워한 한 줌의 양심은

기울지 않는
저울이고

가르지 못한
토막이다

억겁의 시간이 주어지고
만남의 시간이 주어지면
나 이제 그대를 만나겠소

고통도 좋고
슬픔도 좋고
아픔도 좋고

그대를 만난 그 순간의
떨림으로 살아갈 것이니

첫눈 오던 산책길

첫눈이 펑펑
내리던 하얀 산책길

나 혼자 발자국 남기며 걸어간다

한 발짝
한 발짝

꾹꾹 소리 내며 걷는 산책길
미끄러져도 웃으며 걷는 길

흰 눈이 좋아서
첫눈이 좋아서

흰 눈은 자꾸만 내려 앞도 보이지 않고

따르던 발자국도
눈 속에 잊어버리고

이제 올라갈 수도 내려갈 수도 없어
제자리에 돌면서 하늘만 올려보네

어지러워 어지러워
펑펑 맞고만 있던

그렇게 첫눈 오던 산책길

동그라미

맑은 하늘
동그라미 그리다
어지러워 잠이 드네

눈을 떠보니
예쁜 별도 있고
노란 달도 있고

동그라미 그리니
걱정돼 찾아왔나

삭막한 겨울바람
궁금해 쉬어 가네

달님 별님
이제 괜찮아요

달님 별님
이제 감사해요

달빛의 따스한 속삭임
바람 따라 흐르고

별빛의 간지럼
살결을 적시는 고요한 밤

공원 벤치 위 동그라미
이젠 외롭지 않아요

슬픈 추억

하얀 눈처럼 다가온 그대는

차디찬 이슬만 남기고 가네

비는 내리고

낮에 내리던 비가 이 밤에 찾아오면

낮에 만났던 그대 내 맘에 찾아드네

어화둥둥

구름이 좋아
따라가도

잡을 수 없어
구름인가

안개처럼 사라진
그대의 향기를 못 잊어

두 손을 꼭 쥐고
그리워하네

구름 위에
그대 모습 보일까

구름 속에
그대 모습 숨을까

흘러가는 구름에
두발이 동동

그대 허리에 머무는 바람이고 싶어라

그대 가슴에 머무는 이슬이고 싶어라

그대 머리에 머무는 추억이고 싶어라

낙엽

젊은 날 가니
이제는 귀찮아해
거리의 낙엽

추신)
청소부는 낙엽을 치우고, 낙엽을 담는다
우리들은 무엇을 치우고, 무엇을 담을까

가을 공원 벤치

가을밤 차가운 바람
옷깃을 세우는 채찍

희미한 가로등 아래
사라진 외로운 벤치

그리워 못 잊어
뒹구는 낙엽도

주인 없는
발자국을 덮질 못하네

바람은 낙엽을 지우고
달빛은 그 길을 채우니

뒹구는 가을의 전령사
달빛의 고요함이어라

가을이 가져간 것은
낙엽만이 아닌 모양이다

밤하늘

난 가끔 밤하늘을 본다
칠흑같이 어두운 밤에도 하늘을 본다

별도 보이고
달도 보이고

찾고자 하는 건 아니지만
찾으려 애쓰는 세월의 늪에선

별빛이 찬란한 밤도 있었고
달이 밝아 눈부신 밤도 있었고
어두워 보이지 않는 밤도 있었다

밝은 곳에는 무엇이 있었기에
찬란한 곳에는 무엇이 있었기에

난 가끔 밤하늘을 본다
아직도 비추는 달과 별은 있지만
이제는 밝지도 찬란하지도 않지만

그래도 또다시 보고 마는
그래도 또다시 찾고 마는

미련한 나그네여
미련 많은 나그네여

껍데기 인생

많은 사람 많은 만남

많은 것을 가져오고
많은 것을 가져가네

의미 있는 시간과
의미 없는 시간들

바쁜 만남의 기억 속에
정작 나의 것은 보이질 않네

몸은 바빴으나
마음은 공허했고

만난 사람은 있고
만날 사람은 없네

무얼 위해 만났을까
무얼 하러 만났을까

텅 빈 사람
텅 빈 시간

후회가 밀려올까
그것이 두려울 뿐

만족

가지려 한다면 이미 가진 것이고

구하려 한다면 이미 구한 것이다

안식

허공 속 낙엽
안식할 곳을 찾네
응달진 골목

추신)
나의 낙엽은 어디쯤 떨어질까

순정을 위한 기도

그대 앞에 멈춰 버렸네
거친 비바람도
거친 파도도

그대 미소 앞에 부끄럽네
장미의 아름다움도
양귀비의 미모도

어떤 말로도
어떤 글로도
표현할 수 없는 그대여

나는 원망하나이다
나는 절망하나이다

그대를 품을 수 없음을
그대를 가질 수 없음을

이런 만남을 주는 하늘이여
이런 슬픔을 주는 하늘이여
이런 아픔을 주는 하늘이여

쥐어짜는 애절한 가슴을
이제 그만 거두어 가소서

슬픔만 주시고
눈물만 주시면
이제 저는 어찌하나이까

지나간 갈림길

그대를 보고 있지만
그대는 보지 못했고

그대를 안고 있지만
그대를 잡진 못했소

못난이 마음속
빈방의 메아리는

소리쳐 부르는
나만의 그리움

눈물은 흘러도
보이질 않아

그렇게 야위어 가고
그렇게 아파하오

후회하는 시간
남기지 않으리라
다짐했건만

후회하는 시간 남기고
후회하는 눈물 삼키고

후회

다 떠나가야
그대가 보이구려
앙상한 가지

추신)
우린 무얼 남길 수 있을까

넌 바람이었다

넌 바람이었다

맨 꼭대기 그 끝의
바람이었다

보고 싶을 때
볼 수 없었고

만나고 싶을 때
만날 수 없는

불어오는 손길에
입술마저 얼려버린

넌 바람이었다

바람은 멈추었지만

차가워진 입술은
차가워만 가는

넌 그런 바람이었다

이 별

너와 만나기 위해 이별을 해야 한다

이 별에서 살며
이 별에서 만나
이 별에서 보고 싶지만

이 별에선 오로지
이별만이 만남일 뿐

이 별은 정말 이별만 있는 별일까

댄스

음악은
나를 즐겁게 하고

박자는
나를 들뜨게 하니

흥은 어깨를 붙잡고
춤은 내 발을 흔드네

누구라서
좋은 건가

누구라서
기쁜 건가

당기는 손에
맞잡은 손에
그대가 웃네

그렇게 웃으며
그렇게 즐기며

이렇게 사는 것이
이 또한 나의 인생

하소연

떨어지는 꽃잎에
가슴이 아프면

꽃잎 탓이 아니고

불어오는 바람에
가슴이 아프면

바람 탓이 아니다

원망할 곳을 찾으려 말고
원망할 곳을 구하지 말자

발길 닿은 곳은
닿은 곳이고

발길 멈춘 곳이
멈춘 곳일 뿐

그곳이
잘못이 아님을

그대 알고
나도 아니까

여행

여행은 아쉬움을 남기는 것일까

아니면 아쉬움을 채우는 것일까

가슴 속 아쉬움은 쓰다만 일기장

한 글자 아쉬움에 이 밤을 헤매네

슬픈 만남

달은 밤에게 인사하고
밤은 별에게 키스하네

산산이 부서진 샛별이
밤하늘 수놓은 은하수

그 길을
홀로 걷는 나그네여

그 길에
홀로 머문 방랑자여

수많은 밤의
빛들 속에서

꼬리 물고
떨어지는 별똥별

가질 수 없음을 알게 된 순간

또다시 슬픔은 커져만 가고

가질 수 있음을 알게 된 순간

또 다른 이별이 준비를 하네

가을이 오니

가을이 부르는 노랫소리
바람은 차가워만 가고

여름의 뜨겁던 기억은
추억만을 남기고 가네

바람에
옷깃을 세워보고

햇살에
마음을 열어보지만

여름의
기억은 잊질 못해

걸어온 길은
볼 수 있지만

걸어갈 길은
보이지 않네

가을이 오니
여름이 그립고

가을이 가면
가을이 그리울까

오늘 하루도 안녕

오늘 하루도 고생 많았어요

이제 밤이 출근하고
이제 별이 야근하네

힘들었던
오늘 하루

베갯잇에
묻어 버리고

서늘한 밤바람은
살며시 어깨를 다독이네

사랑 찾는
풀벌레 소리

눈은 벌써 감기고

오늘도 고생했어요
오늘도 수고했어요

속삭이는 별빛에
이제 꿈을 꾸어야 하네

사계

봄은 입가의 미소로 머물고

여름은 사랑의 눈을 뜨게 하고

가을은 빨간 입술을 뺨에 그리는데

겨울 너만은 코끝을 시리게 하는구나

고백

언젠가 알게 되겠지
되새기며 기도하고

언젠가 알게 되겠지
되새기며 바라본다

용솟음치던
젊음도 지나가고

태산 같은
자신감도 지나가고

그래도 말할 수 있겠지
그래도 말 걸 수 있겠지

조심스레 다가가서
조심스레 다시 오고

발길은 가볍고
머리만 무거워

타는 속내에
배는 고픈

슬픈
몸뚱아리만 있네

그런 날들

가끔 그립다
같이 웃고 떠들던 날이

가끔 보고 싶다
추억 속 즐거웠던 날이

무얼 찾고 싶었나
무얼 갖고 싶었나

대가 없는 희생에 웃고
진심 없는 맹세에 울고

침묵이 바위를 뚫는
처절한 외침이 되어

그렇게 울어 버려라

그렇게 잊어버려라

그런 날
그런 날은

그렇게 흘러가리니

순리

여름의 열정이 끝나가니

가을은 향기로 다가오네

추신)
우리는 여름 동안 얼마나 치열하게 살았나
그 열기가 남아 맴도는 가을향기가 되기를

바람의 춤

귓가에 앉은
바람의 향기

돌아누운 고갯짓에
반갑다 손 흔들고

임일까 한달음에
달려온 간지럼은

절로 나온 몸짓에
어쩔 줄 몰라

몰라요 이런 바람은
몰라요 이런 향기는

나태한 심장마저 박자를 타고
목마른 가슴마저 눈물을 흘려

그렇게 춤이 되네
그렇게 춤을 추네

나태한 자여
목마른 자여

이렇게 춤을 춰요
나와 함께 춤을 춰요

잊지 못할 바람의 춤을

깃발

따스한 바람이 좋아
포근한 햇살이 좋아

큰 날개 펴고
하늘을 보네

어두운 구름이 밀려들던 날
몹시도 두려워 눈물짓던 날

펼쳐진 날개가 너무 무거워
이제 고개를 숙이고 쉬고만 있네

찢어지는 소리는
비바람이 감추고

날아가는 조각은
허망한 웃음소리

외로운 조각들
어디론가 사라지고

외로운 영혼만이
어깨를 짓누르는

비바람 그친 날
혼자만의 기억 속으로

홀딩

홀린 듯
흐르는 울림은

나의 마음에 세 들어
나의 육체를 흔드네

떠나버린
마음의 빈 곳에

티끌만 한
가슴의 떨림은

선율의
강을 건너

요동치는
파도를 넘어

그대 향한
전율의 몸짓으로
한 걸음씩 다가서리

떨린
가슴을 감추며

저와 마음속 한 곡을
저와 바차타 한 곡을

익사

파도치는 방파제
말없이 춤추는 여인

심장 소리에 귀는 멀어버리고
영혼의 숨결도 삼켜버리는

애달고 슬픈 눈빛의 여인

순간의 욕정은 차가운 바다
거친 파도에 밀려들고

비웃는 방파제
부서지는 파도
처절하게 절규하는 비명 소리여

다가갔지만 다가가지 못해
안고 있지만 안아보지 못해

그저 그렇게 부서지고
그저 그렇게 물러간다

춤을 추어요 처절하게
춤을 추어요 애절하게

춤마저 거부하는 바다에는
나올 수 없는 고통의 영생만

춤마저 거부하는 바닷속에는
마지막 몸부림의 춤 소리가 들려온다

가을의 고백

바람이 낙엽을
날리는 것이 인연이면

낙엽에 바람을
느끼는 것은 사랑이다

추신)
가을 거리에서 가을만 느끼고 싶다

낙엽의 추억

아름다웠다
보는 그 순간
처음 보는 그 순간

너무 예뻐서
계속 보고만 있는
눈을 뗄 수도 없는

짙푸른
여름 내음은
머리를 감싸고

짙푸른
여름 소리는
마음을 흔들고

가을바람에 날려
떠다니는 그 순간에도

너는 아름다웠다

차갑던 겨울바람에
가루가 되어 흩날려도

넌 여전히 아름답던 여인이었다

가을바람

가을은 쓸쓸한 추억을 남기고

바람은 쓸쓸한 낙엽을 남긴다

위로

밤의 외로움이
대지를 적시면

숲속 나무에는
고독이 내린다

하늘로
우뚝 솟은 고독

나무가
안은 운명만이

바람 소리는
흐느낌 소리

낙엽 소리는
떨리는 소리

가만히 숨죽여
바라만 보는 그대여

이제 그만
잊어주소서

바람이 분다

바람이 불어
바람인가요

바람을 느껴
바람인가요

바람은
바람이고

내 맘은
내 맘일 뿐

가을이
내 맘을

가져가 버리면

바람은
내 맘을

가지고 온다네

외로워 말아요

외로워 말아요
아무도 없는 그 방에서

외로워 말아요
임이 가버린 그 방에서

의미 없는
말을 되새기고

의미 없는
글을 퍼 나르고

누가 한 건 아니잖아요
누가 준 건 아니잖아요

그냥 그런 거예요
그냥 사는 거예요

너무나 외로워도
너무나 보고파도

당신의 방은
언제나 당신을
사랑합니다

짝사랑

만나기 전에는
몰랐어요

그대가
있을 거라고

어디에 계셨어요
어디에 있었어요

해가 져도
별이 떠도
그대만 보여요

이제는
가지 마세요

그렇게
가지 마세요

또 그렇게 가버린다면
또 그렇게 가버리신다면

이제는 주고 가세요
가져간 나의 사랑을

불만족

파도 소리 들으러 간 바다에

들리는 건 오직 파도 소리뿐

키좀바

한 손은 그대를 안고
한 손은 음악을 담고

흐르는 가슴의 울림
따르는 발자국 떨림

임 찾는 걸음처럼
임 향한 마음처럼

한걸음에 안은 그대는
한걸음에 담은 그대는

자욱한 안갯속 너머
가여운 천사의 날개

꿈을 꾸는 무대와
꿈을 먹는 그대여

그대가 눈을 뜨면
무대가 눈을 뜨면

아쉬운 마음의 환호성이여
날아간 한 쌍의 가벼움이여

가끔 넘어지면

언제나 걷던 그 길에서

그만 길을 잃었다

어디로 가지
왜 가야 하지

끝없는 물음
똑같은 대답

놀란
돌부리에 넘어지면

이제
그만 쉬어도 되려나

가끔 넘어지면

가끔은 쉬고 싶다

초라 집

귓가를 울리던 바람 소리
고요 속에 잠들고

떠들썩한 마을잔치
곡소리만 요란하다

맑디맑던 눈동자 그 얼굴엔

주름진 그믐달의 흔적이

기억은
자국을 남기고

시간은
기억을 지운다

같이 있던 온기로
같이 걷던 길가에

홀로된
그림자의

비명만 들려온다

왜일까

어제 그대를 보았고

오늘 그대를 만났고

내일 그대를 기다려

인생 피자

한 조각의 추억에
오늘을 살고

한 조각의 희망에
내일을 산다

비싼 재료
비싼 토핑

바라는 건 많지만
허락된 건 모양뿐

맛있지도 않고
멋있지도 않지만

허락된 자유란 조각에
오늘 하루도 살아간다

붉은 노을

너무 아팠어요
너무 울었어요

하루가 짧아서
하루가 길어서

눈시울 가득히
슬픔을 머금고

떨어진 눈물도
이제는 메말라

붉게만 보여요
섧게만 보여요

그 모습
이제 싫어

다시
또 숨어도

다시 또 찾아올

하루가 무서워요

후회

사랑한다 말하면
사랑할 수 있을까

좋아한다 말하면
좋아할 수 있을까

말할 수 있다면
말할 수 있었다면

떠나지 않을까
떠나진 않았을까

돌아오지 않기에
다시 오지 않기에

미련한 사람

미련한 사랑

비가 오니

비가 오면

그대를 좋아하리

비가 오면

그대를 사랑하리

비가 오니

그대는 가고 없고

비가 오니

그대가 보고 싶소

비가 오니

새 출발

혼자 산다고 생각한 순간 이별은 무서웠고

같이 산다고 생각한 순간 이별은 고마웠다

시시한 노래는 바람을 타고

울지 마라
남겨진 것이 너무 슬프니

아프지 마라
언젠간 아팠을 일이니

그리워 마라
언젠간 그리 갈 테니

타고 남은 장작은
홀로 된 연기로 사라지고

타고 남은 장작은
홀로 된 불꽃을 기억하니

울며, 아프며, 그리워하면
이제 노래를 부르리

시시한 바람의 노래를

예쁜 꽃

바람이 좋아
나무가 좋아
들판이 좋아

예뻐서
아름다워서
머리를 조아린
이름 모를 책상 위

예쁘기 싫어요
아름답기 싫어요
바라보는 게 싫어요

흐느끼는 허리엔
나무의 그리움이

불어오는 바람엔
떨어지는 눈물만

이제 예쁘지 않아
이제 아름답지 않아

말라버려
비틀어져
꿈을 이룬 꽃

그리던 바람과
허공의 여행

애수哀愁

찾을 이 없는
깊고 깊은 그곳

홀로 핀
한 송이 아름다운 꽃

나만의 그녀
꽃을 좋아해

누가 볼까 먼저
꺾는 차가운 손

조심스럽게 가져가
정성스럽게 선물해

추운 겨울날
그녀는 떠나고

차가운 바람만
내 옆에 서 있네

그때는 몰랐지
아파하는 꽃을

그때는 몰랐었지
이렇게 추울 것을

그 꽃이 그리워
그 모습 그리워

그리려 하여도
차마 그릴 순 없는 건

남아있는 아픔의 향기 때문일까

차가웠던 양심의 기억 때문일까

인생사

가진 것 없다고 생각할 때 많은 걸 가졌고

가진 것 많다고 생각할 때 가진 게 없었다

몰랐어요

이렇게 오실 줄 몰랐어요

몰랐었어요

이렇게 좋은 줄 몰랐어요

몰랐었어요

그렇게 가실 줄 몰랐어요

몰랐었어요

그렇게 아픈 줄 몰랐어요

몰랐었어요

너무나 몰라서 몰랐기에

몰랐었어요

사랑식당

아낌없이 주는 대로 받던 철부지 시절

내리사랑

거칠 것 없는 청춘을 찾은 실연의 시절

아픈 사랑

더 이상 없을 것 같은 자만의 시절

진짜 사랑

떠날 수 있음을 알아버린 성숙의 시절

슬픈 사랑

후회하지 않아 언제나 감사한 마지막 시절

고운 사랑

아직도 식당을 맴도는 결정장애자

바람보다 가벼운 인생사

인연

수많은 별들
그 속의 나의 별을
찾을 수 없고

수많은 사람
그 속의 나의 사람
찾을 수 없네

바차타

가질 수 없던
꿈은 음악이 되고

가질 수 없던
춤은 사랑이 되는

아름다운
연인이여

그대를 향한 몸짓
가슴은 미어지고

꿈을 잃은 사랑에
순정은 갈 곳을 잃어

찾아온 이별에
고개를 떨구네

떠나는 손길
애절한 눈빛
떨리던 입술은

영원한 사랑의 기억
새겨진 음악의 추억

봄꽃

가슴 열어
하늘 보고

미소 보고
고개를 떨군다

따스한 햇살은
바람으로 다가오고

촉촉한 비는
나의 목을 적시네

오라는
사람 많지만

가라는
사람 없으니

그래서
이렇게

헤어지기 싫은가 보다

방랑시인

삿갓 쓰고
배낭 메고
그렇게 떠나리

모든 걸 잘하고 싶던 시절
다 잘하지 못했고

모든 걸 가지고 싶던 시절
다 가지지 못했다

울지 못하는 가슴 안고
절지 못하는 다리 끌고
웃으며 살아온 시절

분노의 밥을 먹고
아픔의 죽도 먹고
눈물의 미소도 먹었다

더 이상 먹기 싫어
더 이상 웃기 싫어

이제는 떠나리

삿갓 쓰고
배낭 메고
그렇게 떠나리

남은 건 이슬
떠난 건 햇살

만나지 못하니
이제는 떠나리

삿갓 쓰고
배낭 메고
그렇게 떠나리

그렇게 바람 부는 날
그렇게 좋은 날

그렇게 가는 길은
꽃길이어라

하루

오늘도 이렇게
떠나 버릴 줄 알았다면

오늘은 그렇게
쉽게 울지는 않았으리

유혹

너의 몸짓
너의 손길
가질 수 없지만

너의 자국
너의 향기
느낄 수 있어서

가고 없는
텅 빈 공간

숨어 있는
너의 숨소리

그 소리는 소리는
침묵의 메아리로 들리고

빠져드는 상념은

헤어날 수 없는
아픔이었다

벙어리 사랑

처음 본 사랑
너무 큰 사랑

맞는 그 순간도
아픈 그 순간도
슬픈 그 순간도

속삭인 사랑해
몸 안의 메아리

안고 싶은 사랑
꼭꼭 숨은 양손

아파하는 사랑
날아가는 사랑
잡지 못한 사랑

내가 없어 행복하길
미련 없이 떠난 사랑
미련 없이 사랑 찾길

떠나간 사랑
벙어리 가슴

말 못 한 사랑
벙어리 사랑

살아가는 이유

바람이 불면
왜 부는지 묻지 마세요

파도가 치면
왜 치는지 묻지 마세요

바람이 부니
바람일 뿐

파도가 치니
파도일 뿐

바람이 아나요
파도가 아나요

아쉬움

꽃잎에 묻은 먼지처럼

날아간 봄날의 기억

앞만 보고 달려온 인생길

들고 갈 것이 있나

껌

삼키지
못할 걸 알지만

향기에
취해 다가선다

삼키지 못한 건
달콤한 기억 때문인가

향기는
어느샌가 사라지고

남겨진
딱딱한 굳은살

언젠가
뱉어질 운명이지만

오늘만큼은
더 쓴맛을 보고 싶다

남겨진 시간만이라도

세월은 흐르고

변한 건 없는데
변해가는 시선들

즐겁게
가던 길에는

보이지
않는 창살이

지나간
시간의 기억

다가올
이별의 아픔

경험하지
못한 기억 속에

담아준 추억처럼

시간의 바람은
그렇게 흘러간다

고독나무

풍성한 나무들과 꽃들이 만발하는

들판 한쪽 구석 자리 잡은 고목나무

가질 수 있다는 믿음과
가지고 싶다는 희망에
척박한 맨땅에 서 있고

어느 메마른 겨울
알지 못해 춥던 그 밤

풍성한 잎은
매서운 바람에 찢기고

풍만한 뿌리조차
가뭄을 이기진 못해

희망은 부러진 가지 되고
믿음은 주름진 껍질 되어
부끄런 모습에 말라갔네

아프진 않아
이미 아팠으니까

원망하진 않아
이미 그리된 것을

외롭지 않아
달이 떠서 비추니

별과 달이
뜨는 밤이 오면

들판의
정적이 싫어 싫어

혼자서
춤을 추는 고독나무여

산골 오두막의 겨울

매서운 겨울바람
외딴 산골 오두막

아무도 찾을 리 없는 그곳에
갑자기 날아든 작은 새 하나

창문을 열어도
나가질 않고

이리저리
노래를 부르네

예쁜 날갯짓의
귀여운 온기는

따스한 소리로
방 안을 채우고

넓은 집 가렴
넓고 큰 집으로 가렴
쫓아내어도 날아가지를 않아

버림받던 오두막의 올겨울은

추울 수 없는 겨울을 맞이할까

치매

늙은이는 기억을 잃었는지 모르고

젊은이는 청춘을 잃었는지 모른다

추신)
잃고 싶지 않지만 잊어야 사는 인생사

눈 내리면

손끝에 녹아내린
첫눈의 기억

손끝은 아직도
차갑게 떨리는데

차가운 손끝
남겨진 사랑인가
떠나간 그리움인가

흘러내리는
이별 소리에

주먹을
자꾸 쥐어 보지만

손끝은
손의 맨 끝은

왜 이토록
왜 아직도

차갑기만 한 것일까

겨울눈

따뜻한 기억을
잊게 하려고

파란 하늘에
눈이 내리지

하얀 눈 너무 눈부셔
그만 눈을 감았어

잊으려 한 게 아니라
안 보려 한 게 아니라

그냥 눈이 부셔서
단지 눈이 부셔서

차가운 뺨
한 줄기 빛

따스한 손길 스쳐 가면

잊었던 잔상에
고개는 숙여져

겨울은
차가운 거울인지

자꾸만
보여만 주네

세월

여름이 좋아 여름만 그리면

가을이 와서 겨울을 그리네

추신)
이번 겨울에는 어떤 그림을 그릴까

고개 숙인 해바라기

그냥 헤어져
마음이 그래

그냥 돌아가
발길이 그래

모진 삭풍에
고개 숙인 해바라기

그저 바라만 보고
그저 좋아서 웃고

왜 그래야 하지
왜 잊어야 하지

답 없는
외침에

고개 숙인
해바라기

이제는
그만 보고 싶나

고개를 떨구네

짝사랑

날 향해 웃지 마
널 좋아하니까

날 향해 울지 마
널 사랑하니까

같이 웃고
같이 우는

그런 날만
꿈꾸는

영원한
소녀이고

영원한
소년이고 싶다

안식

슬픔은 이제 그만
아픔도 이제 그만

살아온 시간만큼
이제는 잊고 살면

굽어진 육신이라도
마음만은 편하리

고무줄

얼큰한 취기
얼굴을 감싸오면

흘러드는 시간의 기억

들뜬 운동장
줄넘기하는 소녀들

다가가지 못하는 부끄럼
용기를 내는 소년

한 번에 끊는
고무줄 기술
전수받고

그 소녀 넘는 고무줄로
달려간다

한 번에 끊지 못한 미련함에
달려온 소녀들의
복날의 개가 되고

머리는 산발
몸은 만신창이

그래도 마음은 즐거워
행복했던 그 시절

다시 갈 수 있다면
한 번에 끊을 수 있으리

청학동의 봄

봄의 배지 단 햇살
청학동 마을에
사뿐히 내려앉고

그리던 임 만난 영산홍
어쩔 줄 몰라 얼굴만 붉히네

훈장 선생 곰방대 터는 소리
귀여운 학동들 사자성어 소리

앞마당은
졸립기만 하고

삽살개는
한숨만 쉬네

서당 찾은 손님
온화한 미소
반짝이는 학동의 몸짓

반가운 손님
버선발로 달려간
훈장 선생 구두점에

눈치 보던 학동들
악동이 되어 뛰어나가고

졸던 책들은
하늘을 날아다닌다

신이 난 삽살개
나 데려가라 짖어대고

해님은

악동들 이마에 이슬이 되고
바람은 미소가 되니

청학동의 봄은
이렇게 오는가 보다

청학동 엿장수

초록의 옷을 입은 마을
쩌렁쩌렁 엿장수 가위소리

뛰어나온 악동들
엿 보고 고민하네

다 같이 추렴한 고물 모아
먹자며 돌아가는데

고물 없는 짱구네 집
슬픈 짱구의 어깨

위로하는 뒷간 돌쩌귀

밭일하다 급해 뛰어들어
뒷간 앉은 짱구 엄니

무심한 뒷간 문 소리 없이 열리고
황당한 엄니와 엿 빼는 짱구
교차하는 눈빛

엄니는 재야의 무술 고수
한 번의 기합
날아온 고무신

찰나의 순간 고민하는 짱구
자기만의 호신 무술

한입에 몽땅 엿 넣고
입 닫는 돌부처 무술

딱!!!
고무신은 부처 눈에 멍을 그리고
딱!!!
다음 단계 고무신에 쌍코피 흘린다

모름지기 이 정도는 각오한
비장한 짱구의 결심

박진감 넘치는 엄니의
뒤통수 한방
마당을 뒹구는 엿이여

구슬픈 짱구의 울음소리
엿장수 가위소리
마을을 울리고

오후의 햇살만이
빙그레 미소 짓네

추신)

추렴 : 여럿이 얼마씩 돈이나 물건 등을 나누어 내거나 거둠

돌쩌귀 : 문짝을 여닫게 하기 위하여 쇠붙이로 만든 한 벌의 물건

평행선

만날 수 없기에 좋아요

보기라도
볼 수 있으니

만날 수 없기에 좋아요

그리워
할 수 있으니

만날 수 없기에 좋아요

언제나
거기 있으니

제발 만나지 말아요

헤어지기 싫으니

영원한 사랑

끝나버리지 않아
끝나버리지 않는

하루살이의 사랑

밤의 끝을 잡고서

따스한 바람이
이슬에 취하고

초가집 마루 위
아이들 웃음소리 잦아들면

밤과 별이 들려주는
구연동화 막이 열리네

엄마 찾는
송아지 소리

사랑 찾는
풀벌레 소리

헛기침으로
쫓아내면

찾아오는
한밤의 고독

오늘도
찾아온 모기는

즐길 줄 몰라 헤매고

그렇게 밤은 깊어만 간다

영원한 젊음의 비결

젊은이는 벚꽃처럼 살기를 바라고

늙은이는 잡초처럼 살기를 바란다

삐에로의 웃음

웃고 있지만
웃는 게 아냐

울고 있지만
웃고만 있어

날 보고 웃지만
널 보면 슬퍼

화내고 있지만
날 보고 웃어

힘내 울어보지만
들리는 건 웃음소리

그래
웃음으로 봐줘
기쁨으로 봐줘

그렇게
살아왔으니

이렇게
살아갈 수밖에

무심한 봄

쏟아지는 비에
창문은 멍이 들고

아픈 가슴은
눈물을 흘린다

사랑스러운 봄꽃
무정한 빗줄기

길가에 쓰러져

오가는 행인에
찢기고 날리니

그렇게
봄은 가는가
가는 것인가

따스한 봄은
오지 않았건만

가려고 하니
보내 줄 수밖에

실종失踪

하늘의 구름은
조용히 흘러만 간다

눈 속에 가득한 구름
몸 속에 가득한 구름

잡으려 해도 잡을 수 없고
느끼려 해도 느낄 수 없고
안으려 해도 안을 수 없어

하늘의 구름은
조용히 흘러만 간다

구름이 남긴 흔적은
아무것도 없다

오늘도
하늘을 보는 건

구름을 찾는 것일까
그 흔적을 찾는 것일까

오늘도
구름은 흘러만 간다

배신

차가운 바람의
달콤한 키스는
허리를 할퀴고

절름발이 분노는
오늘도 포효한다

무엇인가
왜 나인가

무엇일까
왜 나일까

무엇 때문인가
나 때문인가

허리의 상처는
분노의 울부짖음에
깊어만 가고

달콤한 키스의
기억은
쓰디쓴 향기만을 남긴다

밤은 깊어만 가는데

분노의 흐느낌은
멈추지 않아

귀를 막고
허리를 감싸 안으며
술 취한 듯 걸어간다

오늘도
걸어간다
절름발이 동생을 데리고

이제 가끔은
고아가 되고 싶다

마지막 고향

바람도 추억이 되는
오래된 마을

기억 속에 잠든 임 찾아
결국 와 버렸다

이 길인 거 같은데
이 집인 거 같은데

기억도 시간을 먹고
나른해졌나

뭔가를 다짐하고
뭔가를 약속하고
그렇게 떠났건만

다시 온 이 마을엔

부끄럼도
사치가 된 약속만이

허공 속에 떠다닌다

첫 만남

웃는 그 모습에
나도 웃고

미소 짓는 수줍음에
나도 떨려요

고개 숙인 부끄럼에
몸 둘 바 몰랐고

고개 돌린 그 모습에
그대만 보이니

그냥 그랬소
더 무엇을 바라지 않으니

그냥 이렇게만
그렇게만

귀향

걷고 또 걷고
마지막 여행의 끝
극지의 마을

고운 빛 노을은 마을을 감싸고
백치미 아낙네 다듬질 소리
개구쟁이 아이들 웃음소리

정겹게 잦아드는 따스한 마을

울타리가 없어
외간이 없네

자기가 없어
우리가 있네

가지려 한 사람은 가질 수 없고
보려고 한 사람은 볼 수 없는
마지막 평경의 여행 속 마을

인공지능의 놀라운 기술
범할 수 없는 안식의 마을

마을에 가고 싶어
마을에 살고 싶어

희망의 기도 소리
오늘을 살아간다

세수

세숫물 받아
가만히 본다

세월의 흔적도 보이고
시간의 아픔도 보이네

떨어지는 한 방울
아픔은 깊어만 가고

떨어지는 두 방울
아픔은 잊어야 한다

세숫물은

세월의
흔적 지우려

폭풍이 되고

하루만이라도
지우려 지우려

산다는 건

살아가는 것

살아있는 것

추신)
한 줄은 너를 위해
한 줄은 나를 위해

댄서의 순정

유혹에 흔들리지 않는 그때
큐피드 화살로 다가온
파트너 댄스

완벽한 채비
완벽한 자세
꿈은 현실과 달라

어색한 손짓
어색한 발짓
놀림은 무서우나

손잡은 임
온기에 가슴은 떨려

음악이 흐르자
덕화되는 부끄런 몸짓

무도회 열기
춤의 방향제
가득한 댄서의 순정

임의 손
이제는 떠나가고
꿈은 현실이 되었다

추억

괴롭고 힘든 하루
한잔 술에 마셔버리고

알근히 취기가 올라오면
어린 시절 그때가 생각난다

여자애 줄 넘는 고무줄 끊고
골목길 오줌 누다 잿물 쓰고
운동장 명승부 빨리 달리기

우습고 즐겁던 기억들
마비된 시간처럼 다가오고

다시 놀 수 없기에
다시 갈 수 없기에

더 아쉬운 것일까
더 그리운 것일까

마지막 술잔 비우면
길조처럼 다가오는
술집 마감 시간

흐느적거리는 입술은
추억을 그리고

힘든 다리는 서로를
위로하고 감싸며

그때 그 시절로 걸어간다

키좀베로

무대 위 스며드는 사랑의 향기
온몸을 감싸는 행복의 올가미

나의 가슴은 나의 붓
나의 노트는 나의 몸

휘두르는 거친 붓 놀림
흔들림 마저 감미롭고

휘갈겨 쓴 붓의 흔적엔
정적만이 흘러

알아줄 리 없는 시
정점을 찍고

읽지 못한 노트는
접어야 하나

누가 읽어줄까
누가 알아줄까

태초에 내린 오래전 빗물처럼
몸속의 기억 빛바랜 노트 되고

그 기억 같이 느끼고
그 길을 같이 걷고 싶다

이른 후회

절규의 연속
행복의 가면
지나온 시간들

무심히 흔드는 시계추에
자책하며 되새기고

사랑한 기억도 후회하고
행복한 기억도 후회하는
고독의 나침판 바라보며

지나간 기억의
잔상에 몸서리친다

지나고 보면 사랑인 것을
지나고 나니 알게 되는 것을

아파하지 말자 다짐하면서
아파하는 시간 보내는 것은

아직은 시간이 있다는 것

마음껏 절규하고
마음껏 사랑하자

그 시간마저
사라져버리면

너무나 슬픈 시간만
날 반길 테니

낙화

하얀 이빨 포효하는
파도 위 주상절리

외롭기만 한 꽃이 있네

아무것 없는 높은 곳
무얼 하러 갔을까

잔인한 바람
잎도 남지 않은 꽃 괴롭히나

볼품없는 꼬락서니에도
꽃은 떨어지지 않아

남은 게 없으면 떨어져야 하는데
떨어지지 않음은
무얼 그리는 것일까

주마등처럼 스쳐 간 인연을
그리는 것일까

추억하는 것일까
후회하는 것일까

순간의 돌풍에
이제 파도에 몸을
맡기는 꽃이여

그 짧은 인연에 공감한다면
파도마저도 외로워지겠지

신발 속 고양이

공장 소음 가득한
구석진 창고 안

신발 속 고양이

무얼
찾아온 걸까

무얼
찾으러 온 걸까

기다리는 것일까
그리는 것일까

알 수 없는
몸짓과 눈빛은

따스한 신발의 온기에
가슴을 녹이네

세월호

인양된 진실은
어두운 사신

다시 본 아픔은
부질없는 기쁨

수많은 갈등
수많은 고통

옥자귀로 할퀴어도
이렇게 아프진 않아

살아있단
무심한 입소문

희망 잃은
휴지가 되었고

그 누가 알아주리
그 누가 안아주리

그 가슴에 핀 멍울을

나그네

갈 데가 없어
갈 곳이 없어

나를 버리고
갈 데가 없어

구름도 떠나가는데
바람도 떠나가는데

저 산은 여전히 푸르고
하늘은 여전히 파란데

갈 데가 없어
갈 곳이 없어

오두막 처마 밑
갈 수만 있다면

조용히
숨만 쉬러 가고 싶어요

가을사랑

낙엽 밟는 이 마음
알아줄 임은 어디에

가을 향기 날아와
이맘을 가득 채우네

시인의 사랑

뜨거운 사랑은 싫어
뜨거워 싫어

불타올라 불타버리는
사랑은 싫어

시인의 사랑은
차가운 사랑

뜨겁지 않아서
식지 않는 사랑

가슴에 안겨
숨마저 쉴 수도 없고

눈조차 얼어
다른 임 볼 수가 없는

차가운 사랑은
가슴에 상처를 남기고

아물지 않은 상처는
시인의 별이 되어

유난히 밝은 별 하나
은하수에 숨어 또 흘러간다

천천히 걷다

이 땅에서 살고
이 땅에서 사랑하고
이 땅에서 기억되고 싶지만

이 땅은

미끄러운 유리의
차가운 얼음 궁전

미끄러워
조심 조심 걸어보지만
한번씩 넘어지고 마는
이 땅은

미워도 하고
이별도 하고
좌절도 하는

그런
기억들의 조각 성

아파도
넘어져도
천천히 천천히

이제는 그런
기억의 걸음도 남기고 싶다

한밤의 댄스

손끝에 머문
달빛의 기운

미소로 머문
별빛의 속삭임

향기로운 음악
온몸을 감싸면

그대가 나인가
내가 그대인가

그대를 품어 떨리는 손끝
나비가 되어 날려 보내는

차마 눈 뜨지
못하는 꿈이라면

이 밤은 영원한
그대의 밤이 되리다